¡Adiós al resfriado!

Texto de Antonio A. Gómez Yebra
Ilustraciones de Carles Arbat

BROSQUIL
edicions

ANTONIO A. GÓMEZ YEBRA, Almoharín (Cáceres) 1950.

A los nueve años, cuando me dieron como premio por haber obtenido las mejores notas de mi curso cuatro libros y cinco tebeos, me convertí en lector.

Con 17 años era maestro y pretendía que mis alumnos fuesen también devoradores de libros. Poco después me decidí a escribir poemas, obras de teatro y cuentos, que se fueron publicando por toda España.

Llevo veinte años como profesor en la Universidad de Málaga, y sigo leyendo, escribiendo para chicos y grandes, y divirtiéndome mientras leo. No pienso dejar de leer jamás. Merece la pena.

CARLES ARBAT SERAROLS (Bescanó, Girona, 1973).

Me gradué como diseñador gráfico en 1997 en la Escola d'Art d'Olot (Girona), pero me perseguía el gusanillo de la ilustración: ese fantástico mundo donde todo es posible. Así que me lancé a ello. Con la carpeta bajo el brazo salí a la calle y el resultado no fue tan desastroso como yo pensaba, y esto me llevó a ilustrar unos cuantos libros de los que he aprendido un montón de cosas y espero seguir aprendiendo cada día más.

En 2001 gané el concurso para el Cartel del Salón del Libro Infantil y Juvenil, y en 2002 el Premio Lazarillo de Ilustración con un cuento que contiene muchos fragmentos de noches y de radio titulado *La Ciudad de los Ignorantes*.

Si me preguntáis quién hay detrás las ilustraciones…, pues alguien al que le gusta soñar, que busca su rinconcito en este universo y al que le apasiona el Círculo Polar después de haber conocido Islandia, una isla que robó un pedazo de su corazoncito.

Aquella mañana el sol se levantó de la

cama antes de que sonara el despertador.

Estaba feliz y no le picaba la nariz.

Por eso no estornudó.

Metió los pies en sus zapatillas de cuadros marrones y se colocó su bata, que era roja como un tomate.

Entró en el baño y se miró en el espejo. Sacó la lengua y comprobó que ya no la tenía blanca como la leche, sino sonrosada como una fresa.

—¡Guau! —ladró como un perro. ¡Estoy más sano que una pera!

Contento por su descubrimiento, se lavó la cara
con jabón, se afeitó con mucha espuma, y se
cepilló muy cuidadosamente sus dientes blancos.
Volvió a mirarse al espejo y enseñó sus dientes,
más limpios que un conejo.

—¡Guau! —volvió a ladrar como un perro.

¡Soy el sol más guapo de todos los soles del universo!

¡Y ya no estoy resfriado! Diré adiós a los mocos y a los
pañuelos y al jarabe para la tos. Ya no me volverán a poner
una inyección, y podré salir a pasear entre mis planetas,
satélites y cometas, incluso con la estrella de los Magos, que
es tan simpática. Me siento fuerte como un toro, y capaz de
calentar la Tierra, dar nuevo brillo a la Luna, y derretir los
hielos de Marte.

En este momento, sonó el despertador, y el Sol se llevó un susto. Saltó como un gato para detener el ruido, pero se tropezó con su bata, roja como un tomate. El sol se fue al suelo y, en el camino, por poco se deja la nariz pegada en el respaldo de la cama.

Como pudo se quitó las zapatillas de cuadros marrones y su bata roja como un tomate, quedándose sólo en calzoncillos color celeste.

Así consiguió parar el despertador cuyo ruido tanto le molestaba.

—¡Guau! —volvió a ladrar como un perro.

—¡Por poco me destrozo la nariz! ¡Menos mal que no me ha pasado nada!

Justo en este momento, el Sol notó frío en la espalda y un cosquilleo en la nariz: no hubo más remedio que estornudar.

Unos instantes después hubo que buscar un pañuelo en su mesita de noche, para limpiarse los mocos, que estaban ya saliendo por su nariz.

Deprisa y corriendo, el Sol volvió a meter los pies en sus zapatillas de cuadros marrones, se colocó la bata roja y fue a mirarse en el espejo del baño.

Otra vez tenía la cara roja, la lengua blanca, y empezaba

a sentir cosquillas en la nariz.

—¡Guau! —ladró una vez más como un perro.

—¡He vuelto a pillar un resfriado!

Y, sin pensárselo dos veces, el Sol se quitó las zapatillas de cuadros marrones y se metió en la cama con la bata puesta.

—¡Atchís!

—estornudó, y todo el sistema Solar empezó a temblar.

Colección Estrella Polar, 8

© del texto: Antonio A. Gómez Yebra

© de las imágenes: Carles Arbat Serarols

© de esta edición: Brosquil Edicions
                  Plaza Pintor Segrelles 1, esc. B, pta. 25
                  46007 Valencia
                  Correo electrónico: brosquilediciones@hotmail.com
                  Página web: www.brosquiledicions.es

Impreso en: Graphic 3 - Valencia - Unión Europea
                  Teléfono: 96 192 00 75 - Fax: 96 192 00 35

ISBN: 84-9795-018-6

Depósito Legal: V-4819-2003